U0074894

借我啦！

哼哼，尼尼才不要！

圖 原愛美　文 Keropons　譯 米雅

尼尼好喜歡在沙坑玩。

這個借我！

不行！ 氣呼呼的尼尼
嘟著嘴， 哼哼哼！

借我啦！

不行！ 我不要！

氣呼呼的尼尼嘟著嘴，

哼哼、 哼哼、 哼哼哼！

拜託，

借我嘛！

不行！ 我不要！

貝咧貝咧貝——！

氣呼呼的尼尼又吐舌頭又嘟嘴，

哼哼、 哼哼、 哼哼哼！

算了，不借就不借。

小桃子拿鏟子，

攪一攪，拌一拌，

繞呀繞呀繞圈圈。

A

煮ㄓㄨˇ好ㄏㄠˇ了ㄌㄜ——！

尼ㄋㄧˊ尼ㄋㄧˊ也ㄧㄝˇ想ㄒㄧㄤˇ要ㄧㄠˋ

繞ㄖㄠˋ呀ㄧㄚ繞ㄖㄠˋ呀ㄧㄚ

繞ㄖㄠˋ圈ㄑㄩㄢ圈ㄑㄩㄢ。

攪ㄐㄧㄠˇ一ˋ攪ㄐㄧㄠˇ、拌ㄅㄢˋ一ˋ拌ㄅㄢˋ，

繞ㄖㄠˋ呀ㄧㄚ˙繞ㄖㄠˋ呀ㄧㄚ˙繞ㄖㄠˋ圈ㄑㄩㄢ……

卷！
啊！打翻

～3！

哇——！

這是小桃子的啦——！

哇——！

尼尼也想玩玩看嘛——！

嗚

哇！

要這樣繞

才對唷。

這樣啊？

攪ㄐㄧㄠˇ一ˋ攪ㄐㄧㄠˇ、拌ㄅㄢˋ一ˊ拌ㄅㄢˋ，

繞ㄖㄠˋ呀ㄧㄚ繞ㄖㄠˋ呀ㄧㄚ繞ㄖㄠˋ圈ㄑㄩㄢ圈ㄑㄩㄢ。

煮好了——！

哇，看起來好好吃！

啊ㄚ！

借我！

好嗆！

尼尼攪來攪去，繞圈圈；

小桃子抱來抱去，抱緊緊。

本 0358
我啦！哼哼，尼尼才不要！
｜原愛美　文｜ Keropons　譯｜米雅

任編輯｜張佑旭　美術設計｜蕭華　行銷企劃｜張家綺
下雜誌群創辦人｜ 殷允芃　董事長兼執行長｜ 何琦瑜

體暨產品事業群
經理｜ 游玉雪　副總經理｜ 林彥傑
編輯｜ 林欣靜　行銷總監｜林育菁
總監｜ 蔡忠琦　版權主任｜何晨瑋、黃微真
版者｜ 親子天下股份有限公司　地址｜台北市 104 建國北路一段 96 號 4 樓
話｜（02）2509-2800　傳真｜（02）2509-2462　網址｜ www.parenting.com.tw
者服務專線｜（02）2662-0332　週一～週五：09:00～17:30
真｜ (02)2662-6048　客服信箱｜ parenting@service.cw.com.tw
律顧問｜台英國際商務法律事務所．羅明通律師
版印刷｜中原造像股份有限公司
經銷｜大和圖書有限公司　電話｜ (02)8990-2588

版日期｜ 2024 年 5 月第一版第一次印行
價｜ 300 元　書號｜ BKKP0358P　ISBN ｜ 978-626-305-787-6 (精裝)

購服務 ----------
子天下 Shopping ｜ shopping.parenting.com.tw
外．大量訂購｜ parenting@cw.com.tw
香花園｜台北市建國北路二段 6 巷 11 號　電話｜ (02)2506-1635
撥帳號｜ 50331356 親子天下股份有限公司

立即購買 >
親子天下 Education · Parenting Family Lifestyle　親子天下 Shopping
親子天下 有聲故事書

ONI NO KO NIKO CHAN KA SHI TE! PUNSUKAPUN!
Illustrations copyright ©2021 AIMI HARA
Text copyright ©2021 KEROPONS
All rights reserved.
First published in Japan in 2021 by Poplar Publishing Co., Ltd.
Traditional Chinese translation rights arranged with Poplar Publishing Co., Ltd.
through Future View Technology Ltd., Taiwan
Traditional Chinese translation rights ©2024 by CommonWealth Education
Media and Publishing Co., Ltd.

圖　原愛美

插畫家、藝術總監。
從人物設計至廣告界，創作跨足多領域。
以自家孩子兩歲時的模樣當參考，設計出寫實、惹人憐愛的小尼尼形象。

文　Keropons

增田裕子（Kero）和平田明子（Pon）所組成的音樂團體。為孩子量身訂作合適的歌詞、歌曲，並為之編舞。除了親子演唱會之外，也在幼教人員相關講座中進行演出。此外，亦發表繪本作品。

翻譯　米雅

插畫家、日文童書譯者，畢業於政大東語系日文組，大阪教育大學教育學碩士。代表作有：《比利 FUN 學巴士成長套書》（三民）、《小鱷魚家族：多多和神奇泡泡糖》（小熊）等。更多訊息都在「米雅散步道」FB 專頁及部落格。

國家圖書館出版品預行編目 (CIP) 資料

借我啦！哼哼,尼尼才不要！ / 原愛美圖 ; Keropons文 ; 米雅譯.
-- 第一版. -- 臺北市 : 親子天下股份有限公司, 2024.05
40面 ;20*19公分. -- (繪本 ; 358)
國語注音
ISBN 978-626-305-787-6(精裝)
1.SHTB: 社會互動--0-3歲幼兒讀物

861.599　　113003737